胸の中は
愛でいっぱい

Kazumi Iida
飯田かずみ

mune no naka wa ai de ippai

文芸社

胸の中は愛でいっぱい　もくじ

日々の中で　7
平凡な毎日でも　8
好きだから　9
おぼろげな心たち　10
一生懸命　12
幸せと不幸　13
決意　14
本心　15
立ちどまって　16
強さ　ちから　17
ウソに気づいてそしてのみこんだ時　18
大丈夫　20
抱き締めてあげれなくてごめんね　21
疑惑　22
今はみえなくても　23
哀しくても　24
キス　26
ある夜の出来事　27
素直になりたい　28
願い　29
強くなろう　30
吐息とともに　31
祈り　32
あなたという灯《ともしび》があるから　33
たまらなく　34
恋　35
もっと　もっと　36
あなたから運ばれてくるものたち　37
真面目な恋愛論　38
運命　40
誰よりも愛してるから　41
ただ走り続けた日々　42

iida

日々の中で

忙しい時はいい
ただ時間は流れてゆく
ふと立ち止まる時
自分に気づく
今は何のために
そして誰のために

平凡な毎日でも

幸せは
気持ちしだいで
たくさんころがっているもの

それを自分で捜せるように
どんな時でも捜せるように

好きだから

苦しい
好きだから
先走る想像を
言葉で止めて欲しい
今はウソでも
過剰に愛をささやいて欲しい

おぼろげな心たち

コンタクトを取ると
夜景がぼやけて花火になった
半月もにじんで満月になった

世の中あんまり
見えすぎないのがいい
人の心も少しぼんやりぐらいがいい

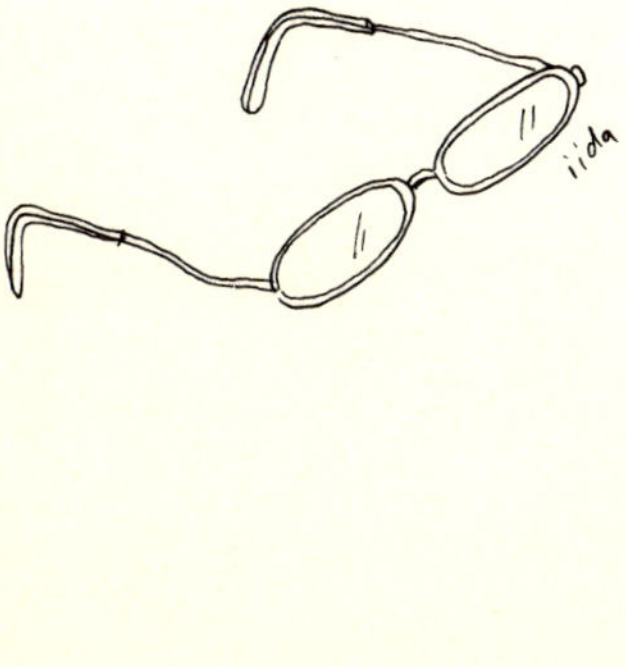
iida

一生懸命

一生懸命
それは不器用な人が
がんばる姿

幸せと不幸

幸せを幸せと
気付かない不幸
不幸を不幸と
感じない強さ

決意

どんな結果も
うけとめよう
たとえ哀しい結果としても

やり直しは自分への
新しいスタートと思って

本心

あたりさわりなく生きる
それは大切なこと

だけど心の中に
いつも革命を持っていたい

16

立ちどまって

日々の雑務に追われても
空を見上げる自分でいたい

強さ　ちから

つらい気持ちに向きあう強さ
本当の事をみいだすちから

ウソに気づいてそしてのみこんだ時

積み重なったたくさんのウソが
私の前でくずれた
あなたは困った子供みたいに
「ごめん」って言った
私も困ったみたいに
「いいけど」って言った

ヒトって哀しい

iida

大丈夫

私には
顔を見ただけで
元気になれる
そんな大切な人がいるから

大丈夫

抱き締めてあげれなくてごめんね

ずぶぬれの小犬のように
しょんぼりもどってこられても
ごめんね
もう優しくできないよ

疑惑

信じるという尊い心が
利用されている

今はみえなくても

暗やみの中で
灰色の雲におおわれても
月は輝いている
たとえ
今はみえなくても
月はずっと輝いている

哀しくても

せつない
せつなくて
だけどゴールのない思いなのだから

哀しい
哀しくても

あなたを愛し続けよう
いきつく所まで

REMY MARTIN
SEA LINE
iida

キス

帰りぎわのおやすみのＫＩＳＳ
いつもはあいさつのキスなのに
今日は
うつむいてしまった
なんだか大切な気がして

ある夜の出来事

虫の音と
月の光と
秋の風が
　私の心を甘くした

素直になりたい

素直になりたい
だけど
素直になったら壊れてしまう
今が

願い

好きと言ってしまわぬよう
思いが口からあふれでぬよう
明日の私が強くいられますように

30

強くなろう

強くなろう
強くなろう

一人で立派に生きれるように

吐息とともに

哀しみを知らずに
優しく生きつづけるより
哀しみを胸に秘めて
強く生きたい

せつないけれど

祈り

どんなことも
私達にとって
信頼を強める出来事と
なりますように

あなたという灯《ともしび》があるから

顔を見た
ほっとした
心の中に火が付いた
今日も一日がんばろう

たまらなく

どうしようもないけれど
どうしようもないから
せつないこともある

たまらなく

恋

一緒にいる時間が
ずっと楽しいように
たまにははなれたり
くっついたりしながら
恋をしつづけましょうね
できるだけ長く

もっと　もっと

がむしゃらに走った
もっと　もっと　もっと

今生きているあかし
少し実感したくて

あなたから運ばれてくるものたち

たぶん

喜びも哀しみも
さびしさもせつなさも
あなたとともにやってくる

真面目な恋愛論

その時から
もう恋のレールは
ひかれていたのかもしれません
何のためらいもなく
私はあなたにひかれていった
宝石のような
キラキラした時間をありがとう

39

もう二度と
もどることはない時間だけれど

運命

私達　出会ったせいで
哀しみを知った
私達　出会ったせいで
さびしさを感じた
私達　出会ったおかげで
愛することを学んだ

誰よりも愛してるから

愛し方はいろいろだから
あなたと私の愛し方は
これからは別々だけど
これが私のせいいっぱいで
一生続けられる愛し方なのです

ただ走り続けた日々

がんばろう　がんばろう
何回言ったかな

たくさんの出来事
まるでいじわるのように重なって

それでも
がんばろう
一緒にがんばろう
お互いはげまし続けた

ある日思った
もうがんばれないよ

もうちょっと　もうちょっと
何にむかっていたんだろう
がんばった先には
いったい何があったんだろう

強がり友情論

思い出なんて言わないよ
なつかしがるのもやめておこうね
昔のことだからね
愛してたとか
そんなんじゃなくて
だって
これからもずっと
私達　友達なんだから
そう　ずっとずっと
友情は終りがないから

さびしくないよね
その方がきっといいよ
もう
泣くのはいやだもんね

上手に恋

愛しすぎていることに
ある日気付いた

上手に恋をするためには
少し愛しすぎていることに
その時気付いた

iida

いつも

なぜ私達はさびしいのだろう
いつも　いつも　いつも

一番遠い人

あなたは
いつでも私の味方で
いつでもそばにいてくれて
それでも一番遠い人だった

愛

相手の心に
本当の愛をさがしても
きっと見つかりはしない

自分の心の中に
本当の愛がなければ

iida

本当の強さ

強がらなくてもいい
無理しなくてもいい

正直になることも
強さの一つだ

きっと

私はもう
一人でちゃんと生きていける
強い大人に
きっとなってる

あなたと私の特別な距離感

あなたと私は
いつもがんばって距離を保ってた
決して近づきすぎて
お互いを傷つけあうことはなかった
でも
いつも優しさに激しく傷ついてた

覚悟

一生心の中からは消さない
私は
あなたが心の中にいて
それが私なのだから

強く　優しく

遠くで見守ること
遠くで見続けること
それは本当に
自分が強く優しくないと

あなたという存在

きっと私は
あなたの存在に支えられている

自分勝手

勝手にさよならを決めて
勝手に告げたのに

あなたは了解《りょうかい》と言った

最後の最後まで
私は子供であなたは大人

そんなにちゃんとしてたら
決心がゆらいで

やっぱり気になってしまうから
最後ぐらい
私を思いきり困らせて欲しかったのに

心の迷い

あなたに対する
不安や疑いは
そのまま私の心の迷い

私が自分自身の心に
自信がなくゆれているから
きっとあなたにも
優しさから言えない迷いが
あるのではと思ってしまう

信じる決心

私達
いろんな事を乗り越えて
ようやくお互いを選んだのだから

信じよう
あなたも
私も
すべてのこれからの出来事とともに

いろんな気持ち

好き　きらい　好き　大好き
楽しい　つまんない　せつない　さびしい
だけど一緒にいたい

結婚はいろんな気持ちのミルフィーユ

風をとおして

私とあなたの間に風を通しましょう
その風が二人をどうしてくれるかは
わからない
でも風を通して
少し休みましょう

もう一度

お互いを大切と
もう一度思いあえたら
私達きっと
またはじめられるね

散歩にでると決めたある朝

私は私で
のんびり生きていこう
ちょっと楽しいこととか
ぶらぶら捜しながら
私は私で
好きに生きていこう

心の中の大切ないす

今はお互い
心の中を少し留守している

いつか
自然ともどっていき
もどってくるときまで
心の中のいすは片付けずに
おいておこう

その日を楽しみに

みがいたりしておこう

もしも思いが

もしも思いが花のように
香りで届くものならば
私はきっと困ってしまう
届いてはいけない思いもあるから

もしも思いが花のように
香りで気付くものならば
私はあなたの横に立ち
風が吹くのを待つでしょう

著者プロフィール

飯田 かずみ（いいだ かずみ）

1970（昭和45）年生まれ
兵庫県在住

胸の中は愛でいっぱい

2002年7月15日　初版第1刷発行

著　者　飯田 かずみ
発行者　瓜谷 綱延
発行所　株式会社 文芸社
〒160-0022　東京都新宿区新宿1-10-1
電話　03-5369-3060（編集）
03-5369-2299（販売）
振替　00190-8-728265

印刷所　株式会社平河工業社

ISBN4-8355-4037-9 C0092